青の季節の夢

細川哲弘
Hosokawa Tetsuhiro

文芸社

目次

♣ プロローグ ♣

　もうずいぶん前になるが、小学生の頃のある日の出来事である。

　快晴の空をぼくの乗るジェット機は、まるで地上のあらゆる災厄から解放されたように安定した飛行を続けていた。小さな窓から見える青空には、所々に白い綿菓子のような雲があって、日の光を浴びながらふんわり浮かんでいた。

　ぼくは夏休みの家族旅行で、初めてジェット機に乗っていた。そして、窓から見える新鮮な光景に驚きと嬉しさを抑えられず、無邪気にはしゃぎまわっていた。

「みてみて、あれはきっと横浜のマリンタワーだ。港には大きな外国船がたくさんつけているよ」

　両親や妹に何度も話しかけては、地上の光景に見入っていた。

　しかしその時同時にどういうわけか、ぼんやりと、ほとんど無意識に、都会から離れて静かに自由に毎日を暮らしたいという思いがこみ上げてきた。

上空から眺める都会の建造物は組み立てられた積み木のようであり、街に張り巡らされた交通網は、あたかも迷路のように窮屈だった。

それがどういう作用によるものかは分からないけれど、そんな感情が心の奥底から沸き上がってきて、もう少しで涙が溢れそうになったので忘れず覚えている。

その後中学生になってからは、短波ラジオで海外の短波放送を受信するのが趣味となった。異国の情景を思い浮かべながら世界各国のニュースや音楽に耳を傾けるのは、なかなか興味深く、わくわくすることだった。インターネットが発達した今日、海外の短波放送を敢えて聴くことも少なくなったが、ぼくは、地球で深く静かに脈々と何世代にも渡って受け継がれてきた生態系の営みを壊しながら猛烈な勢いで時間と空間を超えていこうとする未来の世界を予感して、無意識にそれと同調する必要を感じていたのかもしれない。

目には目をではないけれども。

過去・現在・未来の時空間のアナログ的関連性について、誰もが気づきを深める必要のある時代が近づいている。

そう、言うまでもなく、幕末に突然現れて自給自足の生活に終焉を告げた黒船の到来も、アメリカ主導の日本を生み出す引き金となった第二次世界大戦の敗北も、日本人の経済感覚を撹乱したバブル経済も、それらが及ぼした影響はぼくたちの生活様式や精神の在り様と無関係ではない。

そしていま、それらに匹敵するかそれ以上かもしれない変革の中で、自己責任という名目で問われている倫理や価値は、個人の問題に止まらず次の世代に巨大な影響を及ぼすことが明らかだ。

果たして何世代も時代は進み、そして最後には誰からも何からも奪うことなく生きてゆけるようになるのだろうか。永続する平安が訪れるのだろうか。それはわからない。

0と1だけの数値で提示されるデジタルな時間の推移の中では、(それが利点でもあり弱点でもあるわけだが）過去から未来へと動いて止まない世界の営みが半永久的に変化しないものとして認識されていく。しかし誰もが意識的にせよ、無意識的にせよ気がついているように、どんな時間も空間も互いに影響しあいながら存在し、常に変化を続けているのだ。

変化を続ける、自然と人間が織り成す時空間の営みは、固定化されたメディアの中ではいつも多くの部分が秘められてしまう。メディアの発信する情報を、ぼくたちの本質に合わせてより心地良く運用するためにも、そのことをもう一度よく考えてみなくてはと、ぼくは今思っている。

◇◇

たとえば地球の自転と公転によって定期的に変化する天体のように、現実の世界はそれを望む望まないの別はあっても、それぞれの関係する時空間とのコミュニケーションによって展開する写し絵である。それは決して風のようにぼくたちを通り過ぎるものではない。そして風さえも、果たして偶然に吹いた風があったかもしれないが、なかったという人もいるだろう。これから始まる物語には、主にぼくの体験が綴られているが、それは同時に時空間の関連性を示すひとつの試みでもある。

♠ 第一章 ♠

郷里の四国を離れ一人暮らしを始めた大学入学後の間もない頃、ぼくは独り身のせつなさを意識したけれど、案外それは月明かりに照らされて浜辺を歩いた少年の日の記憶にも似た、静かなやすらぎをもたらしてくれた。最初はそんな心地よさに浸りながら、自分なりに得心したことだけをしようと思い実行した。当時はよく自室でひとりバッハの平均律クラビア曲集や『涙のパバーヌ』をはじめとするフランス・ブリュッヘンのリコーダー演奏を聴いたり、フェルナンド・ソルの『月光』や映画『禁じられた遊び』のテーマをギターで弾いたりして過ごした。

中学時代ギター・マンドリン部で練習し、その後受験勉強で中断していたクラシックギターだったが、それはぼくがやってみて面白かった数少ない習い事のひとつだった。ようやく受験も終わり、久しぶりに手にしたクラッシックギターがとても新鮮に感じられた。

だが、なかなか好きなことだけをできるようになっているはずもなく、退屈することも多かったと思う。世間とのつきあいのなかでしか感じ取ることのできない、心の交流を経験できないのは、やはり何かものたりなかったのだろう。

それでもしばらくは下宿と学校と近所の定食家（ぼくは毎日そこで野菜炒めを食べていた）を行き来し、たまに出かけて映画をみたり、あてもなく街を散策する生活を続けた。

そんなひとりの生活に耐えられず、女の子と遊ぶことやブランド商品を身につけることに憧れるのは、当然のなりゆきだったかもしれない。

やがて、そういう願望を実現させるためにぼくはアルバイトやクラブ活動を開始した。

アルバイト先やクラブ活動で出会った学生同士の交流は、それなりに目新しくもあり面白くもあったが、色恋沙汰にせよ満足できる生活にせよ、その達成にはいつも失敗がつきまとうものであり、何ごとにつけ賭けに出るほどの勇気を持ちあわせていなかったぼくにとって、継続して積み重ねた成果ではない偶発的な出会いや成功の実現がそんなに訪れることがなかったことは、言うまでもない。

それは宝クジにはずれるのにも似て、たまたま当選すれば嬉しいだろうが、そうではなくてがっかりするようなものだ。

ただ人間はさまざまな経験を通じて成長できるようにできているし、失敗を知らなければ見えてこない真実というものは確かにあるのだけれど。

◇◇

友人は多くなかったが、通っていた西宮の大学の四年のとき、同じゼミのIとYの三人で、よく六甲山に登った。IとYとはゼミの時間が終わってから学内の喫茶店で雑談しているうちに親しくなり、あるとき自分の好きな音楽テープを持ちよって、三人で鑑賞しながらドライブした時から急速に仲が深まった。その後はキャンパスを歩いていると申し合わせたようにばったり出くわすようになり、大学周辺のパーや回転寿司をはじめ、いろんな店に出向いては議論を繰り返した。Yは内部の高校から進学した学生で、華奢な身体も相俟って都会的で洒落た雰囲気を持っていた。Yにはどこか人懐っこいところがあって、ぼくの議論に熱心に耳を傾けてくれた。Iはかなりの秀才で多方面に顔が広く、学生をはじめ大学の教職員の知り合いも多かった。二人がなぜぼくとつきあうようになったのかは、今思い返しても不思議な気がする。

そんな三人のつきあいも終盤にさしかかった冬、Yの運転する赤いBMWに乗って六甲山に登り、神戸の夜景を眺めたことが何度かあった。

「ねえ、これから六甲山へドライブしない?」

Yはときどき、ちょうどぼくが退屈しているときを見計らっているかのように、電話をかけてきた。そんな時は、いつも快く出かけて行ったことを覚えている。Yはすっと、どこからともなくやってきて、迎えに来てくれた。

なぜそう言うのかは知らないけれど、全てをお金に置き換える「資本主義」の精神に則り「百万ドルの夜景」とも呼ばれる神戸の夜景の眺望は、圧倒的な雄大さと息をのむ美しさによって、その陳腐な比喩を忘れさせるほどに見事だった。

神戸の夜景鑑賞は、Yの心遣いによって実現した企画だった。きっとYは勤務先が異なる三人の近い将来を見据えて、卒業後には再び同じ気持ちで、同じ時空間を共有することができないことをよく判っていたのだろう。

それで社会人となる直前に、繰り返すことができないゆえの凝縮した時空間の演出を試みたかったのだ。

若く希望に満ちた夢と感性を持ち得たあの頃、ぼくたちは一体何を求めていたのだろう。思い返すことはあっても、もう思い出すことはできない。

◇　◇

「こうして夜景を眺めていると、光の海を漂っている気分だな」

ぼくが言った。

「そうだね。何と言っても神戸の全体が見渡せるからね。俺はよく、ここで夜景を見ながら夜を明かすんだ。夜明け前の薄暗がりのなか、朝焼けの光がしだいに浮かび上がってくる様子は最高だよ」

Yは楽しそうに言った。

Iは静かに夜景に見入っていた。

車内にはYのお気に入りのピンク・フロイドのロックンロールが流れていた。(当時はその歌声の烈しさに戸惑いを覚えたものだが、今から振り返ると、それは迫り来る時代の荒波に対するおそれや怒りの叫び、あるいはささやかな慰めを求める者のメッセージだったと思えてくる。)

ぼくたちの眼前には、地平線まで続く神戸の夜景が無言の輝きを放っていた。その光は何かを語りかけるようでもあり、ただ静かに揺れているようでもあった。夜景を包む夜の空は薄暗く沈んでいたが、空は深く遠くまで拡がるドームのようでもあり、母なる光の海とは対照的に偉大なる神の沈黙を感じさせた。

あれからもう、どれほどの月日が過ぎたのだろう。計算するまでもなく、かれこれ十年だから三千六百五〇日も生きて来たのだ。いつのまにか時はながれ、ひとり佇むぼくがここにいる。

その間に、あの神戸が震災に見舞われたのだ。ぼくは今さらながら深いため息とともに、なぜか言い様のない思いを抱かずにはいられない。それが何に対してなのかは明確には分からないが、まあ見えざる巨大な力に対して。

憶測に過ぎないが、海浜の埋め立てをはじめとする夥しい都市開発は、震災と何か連動していたのではないだろうか……。

それにしても、予期せぬ出来事というのは、思いがけず訪れることがある。

◇　◇

ぼくがある大手広告会社に就職した当時は、いわゆる売り手市場と呼ばれた最後の年だった。コネも人脈もなかったぼくはDMや雑誌などの情報を頼りに、特にあてもあく会社巡りをしていた。

「ねえ、もう会社まわりしているの？」

「俺はもう一〇社以上まわったよ。内定も一個もらっちゃった」

Kは少し照れくさそうに言った。

「すごいやんか」

「そうでもないよ」

「何かコツでもあるの？」

「そんなものないよ。まあ、面接官はこいつ仕事できそうやな言うヤツを探してるから、どうやってそう感じさせるかっちゅうぐらいかな。履歴書をたくさん出したからゆうて内定につながるわけではないねん」

「なるほどね。でも会社まわりをしながら思うんだけど、ぼくはどんな仕事が向いているのか自分自身でもわからないんだ」

「みんなそんなもんやろ。むずかしく考えることはないんやって」

「そうかもしれないけど……」

親しい学生のKとそんな会話をしたことがあったと思う。

かつてプラモデルに熱中していた幼い頃に、精密な秩序の創造に憧れて建築家になりたいと思ったことはあったけれど、これといって明確な人生目標はなく、また安易に目的を定めることもできなかったので、興味の湧くところをたよりに、いろんな業種をみてまわった。

◇　◇

学生時代の三年間、ぼくが英語研究部に所属していたのは、女子学生との交流が一番の目的ではあったけれど、比較的得意だった英語を磨きたいという思いもなかったわけではない。

しかしその活動は、動機が不純だったせいでもないが、かなりとりとめのないものに終わってしまった。

「なんか、ふざけたり飲みに行ったりしているうちにクラブ活動もおわっちゃったね」

「まあ、むかしから大学生ちゅうんはそんなもんやろ。英語いくらできても、それを使って仕事をする人間なんてそんなにおらへんのやからええやんか」

クラブの仲間どうしで交わした会話は、いつもそんなふうにたわいなかった。

ところが、就職活動が始まるや否や他のメンバーはそれぞれ自分の行く先を見据えて必要な行動に出始め、あたかも部活動に所属していた真の目的が先輩ＯＢとの就職上のコネにあったのかと思われる様子をぼくは何度か見聞きした。

「Ｍってさ、先輩ＯＢに五人も会って内定を三つもらったんだって……」

出遅れた感を拭えないぼくだったが、あるとき大手の広告会社のパンフレットにふと目がとまった。会社説明会に顔を出してから採用内定までは、ぼくの予想を越えてとんとん拍子で事が運び、気がつくと四月一日の入社式を向かえていた。いま振り返っても不思議な気がする。おそらく現在の不景気な状況のなかでは、そんなふうに就職活動が進むことはなかっただろう。

ぼくのまわりにいた友だちたちも、多くはそんなふうにして決まった就職先に入社していった。

その後どんな人生を過ごしているかはわからないけれど、それぞれの生活を彼らなりに過ごしているだろうということしかできない。

けれど、ほんとうにそれで良かったのか、という気がしないでもない。もしかしたら、どんなときでも焦って内定を求める必要などなかったのかもしれない。いやむしろ、自分の中に明確な方針が形成されるまでは、じっと待っていたほうがいいにちがいないとさえ思えてくる。ぼくにはそういう方針は形成されなかったけれど。

まあ、広告会社で自分の居場所を見つけてがんばるのはたいへんだけれど、なんとか就職できて悪くはなかったと、自分の選択を信じよう。

◇　◇

就職してからは、めまぐるしい環境の変化がぼくの行動パタンを変革していった。研修に費やされた一、二カ月、何の用意もなく度胸をつけるための営業活動で得意先をまわった日々、ぼくは自分でも予想しなかった変化を感じた。実際、就職をするまで仕事内容については考えたこともなかった。

せいぜいアルバイトをするぐらいで学生生活を享受してきた井の中の蛙が大海に投げ出されたと言えばそれまでだが、通い慣れた近所の定食家は既になく、外食するにしても店を選ぶだけで苦労したし、気の知れた友人たちとのつき合いではなく、商売相手を説得しなければならない営業活動は大きな試練だった。

一方、就職してからの月日がとても早く過ぎていくことに驚いた。そしてなんとなく物事の移り変りの早さに対するおそれと不安を意識するようになった。

そして時にとりとめもなく、こんなことを思ったりした。

◇◇

ぼくはいつかこの世界を旅だってゆくまでは生きていくわけだが、まず一番にぼくの生存を支えている食べ物はどこからやってくるのかな? その食べ物を得る手段すなわちお金はどこから巡ってくるのかな?

簡単にいえばお金を稼ぐために仕事はあるというけれど、仕事は組織として運営されているのだから組織全体の総和としての利益があり、組織の利益は組織活動によって作り出される生産物を購入する消費者から支払われたものだ。

会社を離れたったひとりの力でいま手にできる分のお金を得ようとしたら、非常に困難である。

さらに考えると、ぼくの生活は全国民の生産と消費の総和によって支えられているのだ。それがないとすれば、ぼくの生活を維持することはできない。その意味でありがたいことだし、社会で人々と交流する意味と喜びが生まれるのだ。

見えない世間を相手に、やる気が先走っていた仕事に何とか意味を持たせようとする自我が、「資本主義」の精神を掲げてぼくをつき動かしていたころのことである。オフィスのデスクで各種の企画書に目を通すふとした合間に、そんな考えが心によぎった。

「三井君、何かぼんやり考えごとをしているみたいだけど、大丈夫かい?」

何かそういうことを考えていると必ず上司が忠告してきた。そして黙々と働くふりをするのだった。

広告業界では日々繰り返されるルーティーンワークのはざまで、よりクリエイティヴであることと良識というものについて考えさせられることが少なくない。

例えば、ぼくたちの作り出すキャッチコピーなりコマーシャル映像なりが、それを目にする人々に与える影響の大きさと、容赦なく利益を追及する組織の構造的矛盾に気づかされる。

そんなとき、いつかきっと大きな意味での良識、楽しさ、リズミカルな生活といった、本来広告業界が担っている社会的使命を果たせる組織形態なり指揮系統なりを実現したいと思った。

しかし、その種の理想ほどいつのまにか日常に埋没してしまいやすいものはない。企業で優先されるのは、多くの場合、利益追求を支援する流れであり、民主的な変革や情報開示は後回しにされやすいからだ。

「そんな抽象的なことを考えているひまがあったら、もっとてきぱき働け！」

そういう声がまたどこかから聞こえてきそうな気がするが……。

◇　◇

その日、ぼくは起き抜けに歯磨きをし、軽くシャワーを浴びた後、濃紺のジャケットに身を包んで一人暮らしのアパートを出た。ふだんとそれほど変わらない身支度であったが、どういうわけか昼寝から醒めた時の寝起きがよくなかったことを覚えている（ぼくは、休日はたいてい昼寝をしている）。駅までの欅並木の道をいつものように歩いていると、一匹の白い猫が一瞬じっとぼくの方を見て、前を通り過ぎていった。ふと空を見上げると、どんよりと雨雲がたちこめている。あっ、いけない、傘を持っていかないと。そう思ってぼくはアパートに戻った。見ると、傘立てには二、三本の傘が立て掛けてあった。一瞬どれを選ぼうか迷ったが、その中から二番目に気に入っているブルーの傘を取り出し、再びアパートを出た。ありふれた休日の夕方の風景がいつものように流れていた。

ただ、翌日からは会社の人事異動によって、四月から配属が決まっている広報部企画室の北井からの引き継ぎが待っていた。就職以来数年間、ずっと営業部門で仕事を続けていたぼくにとって初めての人事異動であった。そんな会社生活で初めて味わう大きな変化の前ではあったが、若いぼくにとって就職してからの日々は仕事一辺倒で、まだまだ遊び足りない気がしていた。これといって不自由があるというわけではない。だがどこか充実感がない。そんな毎日のなかで、ぼくは学生時代の知人の丸岡健司の紹介で、彼のつきあいのある会社のOL数人を含む合コンに誘われ、ついつい出向いていくことになったのである。それまで、そういったいくぶん浮いた話はぼくにはほとんどなかった。だから、はやる気持ちが心のどこかにあったのかもしれない。今になってみるとそんなことを思う。

◇◇

丸岡健司は商社に勤務する長身でハンサムな男である。健司は財界人の父から派生する幅広い人脈に自信をもっていた。しかし、ひとつ彼のこころに暗く燻っていることがあった。それは希望する大手広告会社に就職できなかったことだった。学生時代、語学必修のクラスでいっしょだった真面目ではあるがそれほど目立たない存在だったぼくがその会社に就職した時、健司が快くは思っていないことが彼のふとした表情やしぐさから分かった。

「邦明、おまえよくあの会社に入れたな」

「まあ、まぐれというか何というか」

「ほんとかよ。何かコネでもあったんか」

「ないよ」

そんな会話をした覚えがある。

健司はだから、その会社で働くぼくに興味と嫉妬心という屈折した感情を抱いていた。それで、しばらくつき合いをさけていたが、ようやくあきらめがついた気がしたのか、ぼくを自分の人脈を駆使して集めた美人ＯＬの合コンに誘って来た。

「やあ、邦ちゃん。久しぶり！　今度ねえ、知り合いのかわいいＯＬを集めて合コンをやるんだけど、よかったら来ないかい」

健司は、やけに親し気に話しかけてきた。彼の私生活の派手さは学生時代の知人のなかでも際立っていた。

一瞬やめようかなあと思ったが、健司の人脈の華やかさにはひそかな羨望を抱いていたので、なんとなく行く返事をした。

そこは、大阪ミナミの繁華街の一角にあるかなり高級なバーであった。やや暗めの店内にはライトアップを施されたボトル類が整然と配置され訪れる者の期待にささやかな彩りをそえていた。

◇　◇

その日どういうわけか別の近所のバーとそのバーを間違えて、数分じっと待っていたが誰も来ない、それで店員に聞いてやっと自分の勘違いに気づいた。そうして、まもなく誘われたバーに到着した。それでも、まだ二〇分くらいは時間が余っていたので案内された席で静かに待っていた。

やがてひとり、またひとりと次々に参加者が到着し、集合時間には全員顔を揃え、五、六人の男女が向かい合って取りとめもない会話を繰り広げた。

「おお、邦ちゃん。最近どうなんだ」

「いや、相変わらずさ。女の子と知り合う機会もなくて、毎日あくせくしているさ」

そんな会話を交わしながら、ぼくは気に入った赤いワンピースのＯＬにしきりに視線を向けていた。いつになく会話がはずんで、カクテルを調子に乗って飲んでいたぼくはかなり酔っていた。

ふと気がつくと、持っていたグラスを思いがけず持ち損ね床に落とした。向かいに座っていた赤いワンピースのＯＬが「あっ」と声を出した直後、グラスを取ろうとしたはずみで勢いあまってぼくは椅子からフロアに滑り落ちた。

「邦明！　大丈夫か？」

「あ、ああ。大丈夫」

「びっくりしたぜ」

「すまない。心配かけて。ちょっと腰を打っただけだから、大丈夫さ」

そういうのがやっとだった。

一瞬何が起こったのか分らなかった。鈍い痛みが腰に走った。もののはずみで椅子からころげ落ちたのだが、まるで見えない力に操られているかのような不思議な出来事だった。尾骨を直撃したため相当な痛みがあったが、酔っていたせいもあったのかどうにか堪えることができた。なんとかなるだろうと高を括っている一方で、周りに話しを合わせながらも、内心早く時間が過ぎてくれることをひたすら願って、虚勢を張り続けるよりほかなかった。

次の朝、早く病院にいくべきだとは思ったが、重要な異動の引き継ぎゆえに急に会社を抜けることはできない。そうして一週間がすぎた日曜日、やっと病院に行って、驚いた。ぼくは尾骨の先端を複雑骨折しており、尾骨の痛みや違和感はもしかしたら一生直らないかもしれないと告げられたのである。また尾骨は背骨を支える土台となる骨でもあり、その影響は単に尾骨だけでなく背骨全体に、ひいては全身におよぶ危険性があると告げられた。

「とにかく、一ヶ月くらいは安静にしておいたほうがいいですが、なんとか仕事を続けられなくもない。来月から週に一、二度リハビリに来てください」

その日当番の医師は最後にそう事務的に告げた。

ぼくはあまりにとつぜんの宣告に圧倒され、事の重大さに困惑してとぼとぼと病院を後にした。思いがけない現実に、ぼくはどうすることもできない。一体どうすればいいのだろう。ふと丸岡が俺をさそいさえしなければという思いがよぎった。人事異動を控えて合コンなんかに出向いていかなければよかったとも思った。様々な思いが浮かんでは消えてゆく。

一体、これはほんとうの現実なのか。願わくは、これが夢だといってほしい。悪い夢をみていただけだと。しかし、もはやどうすることもできない。ぼくに待っているのは暫く通院を繰り返しながらリハビリを続けなければならない現実だった。

一方で、仕事を続けられるだろうかという不安もあった。新しい配属先では、はじめての仕事に専念しながら、積極的に仕事を覚えていかなければならない。しかし、そんなことが可能だろうか。苦しみと不安が続くなか、時間は瞬く間に過ぎていった。

外面的には一生懸命を装いながらも、内心は投げやりで不毛な毎日が、いつ果てるともなく続いた。通院は仕事の帰りに寄ることで、かろうじて続けることができた。そんな生活が一年ほど続いた。

◇◇

そんなある日、仕事の帰りに病院へ向かおうと電車に乗ろうとしたとき、会社の相談役を勤める観月泉一朗とばったり乗り合わせた。

「こんにちは」

ぼくは軽く会釈をしながら挨拶をして席につこうとすると、後を追うように観月が近づいてきて、ぼくの席の横に座った。観月はほほえみを浮かべて言った。

「やあ、三井君だったね。これからどこへ？」

ぼくは、ウソをつくわけにも行くまいと思って答えた。

「病院へちょっと」

「そうか。それでどこをみてもらうんだね。別段病気でもなさそうだが」

「ここのところ、ちょっと腰のケガの治療のためにT病院へ通っているんです」

ぼくは率直に答えた。

「そうかい。実はわたしも先日受診した人間ドックの検査結果を受け取りにT病院にいくところなんだ」

T病院は会社に一番近く、総合病院であったので利用しやすかった。

「ところで、そのケガの具合はどうなんだね」

観月がさりげなく聞いてきた。

「骨折の後遺症が少し残っておりまして、リハビリを続けているところです」

とぼくは答えた。

「そうか。それは大変だな」

それからしばらくとりとめもない雑談を交わしながら病院に到着し、それぞれの検診先へ向かった。観月は人間ドックの結果を受け取り、廊下を歩いていると、整形外科の看板が目に入った。そう言えば、整形外科の担当医の一人は観月の親しい知人のひとりの高見沢が勤めており、そのつてで、観月の遠縁にあたる早阪裕美《ゆみ》が窓口の受付をしていたことを思い出した。整形外科は四人の担当医が交代で常勤していたが、その日は高見沢が当番の日であった。観月は電車の中で乗り合わせた三井邦明のことが少し気になっていたので、受付の裕美にその旨を簡単に告げて、高見沢にちょっとだけ面会させてもらった。

「ひさしぶりだね。高見沢君」

「どうも、御無沙汰しております」

高見沢は、かつて観月が大学で法医学の教鞭をとっていたころの教え子の一人だった。

「ところで、うちの会社の三井という若い男がこの科に最近通っているようだが、彼の具合はどんなものなのかなあ」

観月は思い出したようにさりげなく訪ねた。

「それがー。申し上げにくいんですが、尾骨を複雑骨折しておりまして、もしかしたら痛みと違和感は一生つきまとうかもしれない状態です。臨床報告などによると、尾骨は脊椎を支える骨として最近とみに重要視される方向にあり、骨折の影響はもしかしたら全身におよぶかもしれません。尾骨はそれほど認知されていませんが、身体のバランスを司っていて、それが損傷するということは、例えば重心のぶれた凧あるいは軸のずれた駒とおなじと言えます。高く舞い上がることも、安定してまわることもできない……」

そう高見沢は低い声で答えた。

「そうかね。それは大変だな」

観月はしばらく考え込むように沈黙を保っていたが、高見沢の見解を聞いて踏ん切りがついたのか、彼に礼を言い、そのあと早阪裕美にうちの社員の三井君をよろしく頼むと告げて病院を後にした。

この時、早阪裕美がぼくの恋人になろうとしていたことは、さすがの観月にも予想がつかなかっただろうが、人の縁というのは不思議なものがある。

さてその後、ぼくの実情を知った観月が人事課へケガの詳細を進言したことがきっかけとなって、驚いたことに、業務規定に従って一ヶ月の休養が許可されることとなった。ケガの状態もすこしずつだが回復してきており、またリハビリに通ううち思いがけず親しくなった早阪裕美との関係が急速に深まるなかでという、おまけつきの休養となった。裕美が観月の手前、ぼくに話しかけてくれたり親切にしてくれたりしたことも手伝って、いつの間にかふたりの関係はさらに進展していったのである。

この傷害事件とケガの後遺症を引き摺り、いっそう孤独と虚無と投げやりな気分を心のどこかでいつも意識していたぼくにとって、女性との関係を新たに持つことは一種の傲慢のように感じられ、時間はぼくを風の様に通り過ぎていたのだから、裕美の出現はまさに女神の救いと感じられたのだった。

◇◇

それは、九月のある爽やかな休日のことだった。夏の日差しもようやく和らぎ、入道雲を探しても見あたらない秋晴れの高い空はくっきりとしたブルーだ。ときどき吹き過ぎる風が涼しさをいっそう引き立て心地良い。

ぼくはいつものように電車に乗ってリハビリのためにT病院を訪れ、受付の早阪裕美のところへ行った。

「お願いします」

ぼくが診察券を渡すと裕美はいつもどおりカルテを取り出し、日付等の必要事項を記入して事務手続きを済ませた。彼女の繊細な身のこなしにはどこか惹かれるものがあったが、彼女を特別意識したことはなかった。ところが裕美はその直後、なぜかにっこり微笑んだのだった。

何回か病院に通ううちに顔見知りになって、親しみを感じたのだろうとぼくは思った。

すると彼女が話しかけてきた。

「三井さん、リハビリを続けるうちにだんだん顔つきが良くなってきましたわ」

「そうですか?」

「ええ、何か苦しいことやつらいことを笑い飛ばすような、そんな大らかさが滲み出てきた感じです」

「そんなふうに言ってもらえると嬉しいな」

「がんばってくださいね」

「ありがとう」

事件以来心身の不調を意識していたぼくにとって、他人の賞賛の言葉というのは自分には相応しくない、むしろ違和感さえ覚えるものと内心感じていた。けれど、この時の彼女の言葉はなぜか心にすっととけ込んできた。それがどういう理由によるものかは分からないけれど、ぼくが彼女のことを特別に意識し始めたのは、おそらくその時の会話がはじまりだったと思う。

♠ 第二章 ♠

◇出発◇

アベ・マリアのジャズピアノが、静かに流れる穏やかな朝の喫茶店は、都心近郊のFホテルの入口の脇にある。決して華美ではないが、何となく洒落ていて麗しい香気が漂っている。ぼくは裕美とこの喫茶店で朝食を済ませた後、ふたりで旅行に出かける予定であった。

先に着いたぼくは、白いコーヒーカップを片手に持ち、読みかけの短編小説に目を走らせながら寛いでいた。比較的広めのスペースがある店内を時々行き来するウエートレスはすらりと細く、清楚な感じで、またそのどことなく空虚とも受けとれる表情があいまって辺りを優美な空間にしていた。そういったやすらかさをどこかで求めていた気がする。このまま時間が流れてもいいなと思ったそのとき、入口からジーンズとアイボリーのレザージャケットを身に纏った裕美が入って来るのが見えた。それはふだんとそれほど変わらない裕美の姿だったが、なぜかとても印象的な光景だった。

一ヶ月の休養期間にあてた旅行の目的地は九州のある温泉であった。ぼくと裕美はふたりでガイドブックを丹念に調べ、ある名旅館でしばらくゆっくり過ごすことに決めた。そこで日頃のストレスを解消し、ふたりの未来への推進力にしたいと考えたのだった。

それと、観月から紹介してもらった気功師の定岡総平を訪ねて骨折の後遺症をみてもらうことになっていた。この気功師は観月の人脈からさがし出した人物で、優れた治療実績があり、簡単な腰痛や骨の歪みは立ちどころに治せるらしかった。

わざわざ気功師まで紹介してもらうことに至った背景には、ぼくと裕美の関係が結婚へと向かおうとしていることを観月が感じ取ったことがあった。

三十分ほどその喫茶店で過ごした後、裕美とぼくはホテルを後にした。快晴の空のもと、裕美の運転する白いトヨタMR2（裕美はそのころ車を買い替えたばかりで、新車はやはり気持ちがいい）がぼくを乗せて九州に向けて勢いよく出発したのは、まだほんの少し肌寒さの残る三月の上旬であった。

◇豊川祐二の就職活動◇

そのとき、豊川祐二は朝早くから会社説明会に出席するため、Fホテルに入るところであった。駐車場から裕美とぼくを乗せたMR2が通り過ぎるのを目撃した祐二は、どことなく優雅で颯爽とした雰囲気を感じた。ふたりは気づいていないかもしれないが知らず知らずのうちにある種の運を観月からもらっていたのだろう。祐二はまだ自分でメシも食うことができず、あくせくしている自分と、いい雰囲気につつまれて未来に向かう彼等とのあいだの大きなギャップを意識するとともに、自分の世界の矮小さ、亀のような鈍い歩みをふがいなく意識しないわけにはいかなかった。ただそのとき、今日のこの会場で未来の恋人、桜みゆきに出会うことなどわかるはずはない。新車のMR2はより直感力の高い人間ならラッキーな予兆と受けとれたかも知れないが、そんなことを意識する余裕は就職活動中の祐二にはなかった。

祐二は集合時間の一〇時には充分間にあって会場に入った。ホテルの会場の後ろ側にはドリンク類が整然と美しく並べられていた。時々行き来するウエートレスが若い祐二にはとても素敵に見える。祐二は上機嫌でオレンジジュースを口にしながら、表の受付で受け取った資料に何気なく目を通していた。そこには、これから始まる会社説明会の学生をコントロールする展開が読み取れた。唯一好感がもてたのは、ある祐二の好きな漫画家が就職活動全般について講演してくれることであった。祐二は、今日はどうなるのかなあと時々オレンジジュースをゆっくりと口に運びながら、ぼんやり考えていた。

ふと窓から外に目をやると、いつのまにか薄曇りで、時折差し込む生暖かい陽光が春のうららかさを感じさせた……。数秒後、流れるように窓際を歩く、すらりと美しい女子学生が目に入った。その学生、すなわち未来の恋人、桜みゆきを祐二が初めて目撃した瞬間だった。

それからしばらくして、祐二の好きな漫画家の講師は壇上にあがり、ゆっくりと話し始めた。

「こんにちは、正田でございます。これから就職を控えているみなさんに、私からお話できることがあるとしたなんだろうと考えてみました。それぞれのみなさんに、それぞれの人生がありますから一様に通用するような就職のテクニックや法則みたいなものを伝えるなんてことは、私にはできません。

ですから、大体学生時代と仕事を通じまして感じてきたことや、世間一般ではこんなふうに言われているけれども、ほんとうはこうではないかなと常々思っていることなどを伝えられるだけ話していこうと思うんです。

最近はインターネットや携帯電話の普及がめざましく、IT関連の産業に世間の関心が集まっています。こういう状況は、数年前のバブル経済の当時を振り返ってみても、その変化の早さに驚かずにはいられません。

さて、戦後の焼け跡から懸命にこの国を復興し経済大国を作ってきたみなさんの先輩の努力というものは、それはもう測りしれないものがあるのははっきりしています。これを否定することはできない。

ですが、そのなかで何か見失っていたものもやはりあったと、わたしも自分なりに思うのです。

とくに戦後日本人は、米国を始めとする欧米人にどこか頭が低いところがありました。もちろんこれは、江戸時代からの階級社会のなかで培われた上の人の気分を損なわないようにする日本人の知恵だったとか、新しい文化を積極的に受け入れていこうとする柔軟さだったと言うこともできますが、政府の役人をはじめとして、欧米人に対して奇妙に照れたり遜《へりくだ》ったりしながら今日まできたことは否めません。

憲法ひとつにしても、個々の条文を読むとずいぶん立派なことが書かれているように思われますが、よく調べてみると戦後のどさくさのなかで、米国から一方的に渡されたものだったと言っても過言ではないようです。そういったことが積み重なって日本人のこころに浸透していったものがあったと感じるのです。

みなさんがこれまで歩んできた学校教育の背景には常にそういったことが前提として横たわっていたのです。みなさんはそういうふうには思わないかもしれませんが。

つまり、日本人はみんな敗戦の後遺症は脇に置いて、とにかく豊かになろう経済的な繁栄を築こうと努力した。それがいいことだと多くの人が信じて疑わなかった。

ところが、脇に置いたからといって敗戦の痛手はやはり深く刻まれていた。それがいわば欧米に対する負け犬根性的な姿勢となって日本人のこころに浸透してきたと思うのです。そういうことをみなさんにも考えてほしいのです。

世間では、ブランド商品や高級車がもてはやされてきましたが、できればそういうことに権威を与えない、そういうものにこころを奪われない生き方をしてほしいとわたしは思っています。もちろんデザインや品質の良いものを素直に受け入れることは悪いことではありませんし、その見極めはたいへん微妙なことではありますが。

若いみなさんは、何がみなさんのこころを育て涵養するものなのか、何がこころを荒廃させスポイルするものなのかについて意識的であってほしいと思います。これまでの特にバブル経済以降の傾向として、興味や虚栄心を煽る虚飾と演出にみちたものが多くの人々を動かして来ました。一番気をつけなければいけないのは、一見良くみえて長い目でみれば人間をだめにしてしまうものと、逆に面白みがないようで人間にとって本質的に欠かせないものが実際に存在するということです。

漫画の仕事のことを言うのは恐縮ですけれども、わたしも世間に認められるようになるまでに時間がかかりました。絵を描きながら、自分としてこれでいいんだという感覚があっても、なかなか売れない。それでも世間の風潮にあわせることはしたくなかった。そこでいろいろと工夫が必要になってくる。アイデアとか作風について何かに頼ってはなかなかいいものは描けない。残された道は自分の腕を磨くとか観察眼を養うとか面白いストーリーをいつも考えているとか、そういうことを繰り返すだけです。それでもいつも行き詰まってしまう。しかし粘り強く続けていると、いつかふっとアイデアが浮かんだり、いい絵が描けたりするときがある。そういう一種の間というか、そういうものが乗らないと決していいものはできないのです。みなさんの就職活動もそれと同じわけではありませんが、ほんとうに役に立つのは自分なりに取り組んできたもの、工夫してきたものの積み重ね以外にはないと思うのです。

――中略（仕事の漫画の話題約二〇分）――

以前は、わたしもみなさんと同じように学生でした。そんなに裕福ではありませんでしたから、引越しの手伝いやら、デパートの店員、新聞配達、税務署の年末の税金の計算などいろいろなアルバイトをしてきました。いまもしかしたらアルバイトの話ではなく就職の話を聞きたいのだと思った人がいるかもしれません。ですが、意外に学生時代にしたアルバイトと就職してしてからする仕事は何かが関連している場合が多いのです。みなさんは簡単に小遣いを稼ぎたいとか、一時的な思いつきで選んだアルバイトかもしれませんが、そんなに簡単なことはこの世の中にはないのです。いま言っていることの意味は実際にみんなさんが就職してから確かめてみてください。とにかく、全てはつながりあって影響しているとわたしは感じています。それはプライベートとビジネスについても言えるようです。どちらかが良くなれば連動して両方がよくなるし、その逆についても言えることです。みなさんはそうはお感じになりませんか？

さて、アルバイト先で働いてみて感じたのは、いつでも世間というもののありがたさと、変わり身の早さでした。人間お互いいっしょにつきあえば情というものが湧いてきて親しくもなるし、やさしくもなる。お金に困っているときなんかは特にそれはありがたいものです。そこからおつき合いが始まり、いまでも続いている人も小数はいますがたいへん少ない。ある意味で、去るものは日々に疎しとか金の切れ目は縁の切れ目の格言の通り、人間というのはとかく目先のものに左右されがちであり、そういうように生きてきた人たちが多かったことは否めません。

目先のものに左右されがちなのは昔も今も五十歩百歩で、お金や物や酒や色恋などの現世利益を求めることは人間の常ではあります。それゆえに、それを確実に手にいれるための方法論が生まれ、一方占いなども出てきて、今も説かれているわけです。

そこで、みなさんはどういうふうにこれから就職活動をするかということになるわけですが、要はそういうものに支配されず、それでも自分が追求したいと思ったり、この会社に入ればいいんだなと、なんとなく思ったりしたらその時にはそれを実行してみたらいいと思うのです。それでもしうまくいかなくても、若いみなさんはやり直すこともできますから、あんまり深く迷ってもいけません。それはもう頭で考えることではなくて、なんとなくとか直感といったもので決めるということですが、わたしは直感で会社は決めていいと思っています。その受けとめかたはそれぞれあるでしょうが、自分の感覚を大切にしてほしい。

最後になりましたが、みなさんの周りには両親をはじめとして、いろいろな人がいて、アドバイスをもらったり、いろんな人が現れて会社に入るように誘われたりすることもあるでしょう。そこでどういう選択をし、決心をするかは常にみなさん自身の問題としてこれから突き付けられてくると思う。その時のみなさんそれぞれのこころの選択と決心こそが本質的なみなさんの人生を形成するのであり、アドバイスや誘い、ましてや占いがみなさんの人生の本質ではないことを忘れないでほしいとお伝えしまして、わたしの話を終了したいと思います。どうも長時間ありがとうございました」

漫画家の正田秀三郎は、穏やかに講演を終えた。かなり真面目な話だったが、そんなふうには聞こえなかった。そこには自らの人生に対するささやかではあっても、しなやかで強靱な誇りと温かみが感じられた。

会場の熱気をやわらげるために制服の係員が窓を開け放つと、かすかに春風に乗ってほころび始めた沈丁花の薫りが漂ってきた。祐二はぼんやりとさっき見かけた女子学生のことを思い浮かべながら、講演の余韻に浸った。

◇　◇

ところで裕美とぼくを乗せたＭＲ２はホテルを出でから数時間を経て中国自動車道を走っている。裕美は何かが確実に変わる予感がしてわくわくしていた。時々、もって来た暖かいお茶を飲みながら運転の疲れもなく、うららかな春の陽気に気分をよくしていた裕美だったが、かなり時間がたったせいもあり、ちょっと一休みしたくなった。

「ねえ、近くのサービスエリアで一休みしましょうよ」

「そうだなあ、俺もコーヒーでも飲んでちょっと気分転換したいと思っていたところだ。次のに寄ることにしよう」

ぼくは愛想よく答えた。

しばらく車を走らせると、料金所を少し越えたところに新設のサービスエリアが見え始めた。

「みろよ。あそこに寄らないかい」

「いいかもね!」

サービスエリアの駐車場に入ったぼくたちは、ほっとした感じで車を降りた。途中薄曇りだった空がいつのまにか眩しいほどの晴天に変わっていた。何も今のぼくたちを拘束するものはなかった。それがとても心地いい快感だった。大学卒業以来、会社生活はぼくを予想以上にくたびれさせていた。それがいま、観月の進言によって、期間限定ではあっても会社から離れることを許されたため、ほぼ完全な自由が保証されていた。それはぼくが無意識のうちにずっと望んでいたことだったのか？　とにかく一ヶ月の間会社を離れられるという解放感がぼくの体中から漂う波動にゆとりと大きさを与えていた。こころもちゆっくりとかみしめるようにぼくは裕美と歩いた。

ぼくはふと裕美に語りかけた。

「誰だったか、人間は自分が思っているとおりの人生を歩むっていう言葉を残しているけど、最近つくづくそのことに思いあたる。それは、自分が望むとおりということではなくて、常日頃自分はこういう人間だと思っているような人生を歩むってことだね。だから、できるだけ片寄らない視野でものを見ないと、おかしな方向へ進んでいかないとも限らない。自分の認識が間違いのないことならいいけど、人間の思いほど移ろいやすいものはないし、必ず正解と言える判断力を持てる人間はそう多くはいないからね。特に人間の潜在的な意識というのは、それが大抵の犯罪が暴かれる一因かも知れないけど、驚くほど馬鹿正直なものだと言われている。だから、何気ない言葉にも反応して影響され得るし、逆に本当にそうだと信じ切れないことは実現しないいんだね。それから、ふだん何気なくこころに抱く思いが案外曲者なのかもしれない」

裕美はなんとなくその言葉には無関心を装って話を聞いていた。その根底には、ぼくのケガを引き摺る現実と追い求める理想とのギャップが見え隠れしていたのだろう。

「わたしはね」裕美は言った。「邦明ががんばっている顔や姿が好きなの。たとえケガによって否応なく味わった挫折感があったとしても、それを乗り越えて何かを見つけていく純粋な喜びほど素晴らしいものはないのよ。邦明ならできないはずはないと思う。人間は今の状態がずっと続くと思いがちだけど、いろんなふうに変わっていける……でもねえ邦明、どうしてケガなんかしなくてはいけなかったかなって思うこともあるの。健康であればこれから先の人生ももっと楽しかっただろうし、心と体に窮屈なわだかまりを抱くこともなかったのにって」

裕美はとつとつと、自分に言い聞かせるように言った。

「さあね。それはぼくも何度も自分に問いかけてみた。大体、ものごとがうまくいかないときって、いろんなことがうまくいかなくなるからね。些細なトラブルから、未然に防ぐことが肝心なんだろうけど、予期せぬ出来事は、より本質的なものに気づかせようと、その人間の成長に応じて必ず訪れるものなのかもしれない。」

ぼくは、自分の言葉の真偽を確かめるように言った。

「よく、事故とかそういうものって、背後にたくさんのイレギュラーなことがあるっていうけど、そういうことはなかったの？」

裕美はすごく真剣な目をして言った。

「ぼくは、学生時代から平常心をこころがけていたけど、それを心がけることとそうであることとは別のものだからね。それに、平常心を心がけるといいながら、単に自己保身的になっていただけかもしれないし。ほんとうはもっとおおらかに、自分だけじゃなくて、いっしょにいるみんなや身のまわりのものに、やさしい眼差しを向けていくべきだったんだろうね。ぼくは、自分の思いを成就させることに意識を使いすぎたのかもしれない。それは良い面と悪い面があったんだね」

人間は、自分の思いを成就させながらこの世を生きていく存在ではある。

しかし整形外科の患者たちと接する仕事を続けながら、日常の雑事に追われるだけで漠然と過ぎてゆく毎日を裕美はこれまで経験してもきた。

それは決して不幸なことではなかったけれど、それでもなお、いやそれだからこそ生命が輝く瞬間ほど嬉しいものはない。それに、万物は前進、後退を繰り返しながら最終的には発展するようにプログラムされているはずだ。

裕美は、その意味を、その真理を、その真価を邦明にもわかってほしいと言った。

「がんばっていれば、いつか乗り越えられるわよ。それまではあきらめないでほしいの……」

◇◇

ふたりの立ち寄ったサービスエリアは、瀬戸内海とまだ雪の残る山々が見渡せる景観に恵まれた場所にあった。ぼくはふと、そよ風にふんわりと包まれたような感覚に駆られた。そしてなぜだか遠い子供の頃の記憶や感性が戻って来るような気がした。

屋外のベンチに座り、しばらく静かに遠い山並みや海を眺ていたが、ふと気がつくとベンチの隅に一匹の、とても小さなアマ蛙がちょこんと鎮座しているのが確認された。驚きと、何だか不思議なおかしさがこみ上げてきてぼくは言った。

「ねえ、こんなところにアマ蛙がいるよ」

「まあ、かわいいわねえ。でも、どうしてこんなところにいるのかしらねえ」

◇◇

ぼくはふとこんなことを考えた。人間は常に慣性の法則のもとに生きていて、それがやがて物事の本質が分からなくなる原因にもなっている。

動かない物体は静止をつづけ、動く物体は動きをやめない。

安定してまわるコマは倒れることなくまわり続けるが、軸のぶれたコマはその歪みを拡大していく。科学の万能を信じ、利潤追求を至上命題として本来の命の営みを離れて歪みはじめた現代社会は、その歪みをもう元に戻す術を知らないのかもしれない。そしてぼくの身体もまた……。

アマ蛙はまだ、動かずにぼくの方をみている。

ぼくはなぜ自足することを知らないのだろう。足るを知る者は、そんなに世間的な価値に惑わされることはないはずなのに。

たしかに、ぼくたちは情報の海のなかで常に何かに影響されながら生きていて、意識的にせよ無意識的にせよ、何か魅力を感じたり特別なものを感じたら、それを得ようとしたり、同調しようとしたり、便乗したりする傾向はある。

けれど、本当の理知や知恵あるいは直観に基づく行為や創造というのは、たとえば会話における冗談にしても、写真にしても家具のデザインにしても、他の人間には出せないオリジナリティーをともなっているものだ。それはむしろ、魅力や特別なものからそっと離れていく時に、自ずと発生するかのようにさえ思える。

何げない瞬間にも自足でき無欲でいられる幼い頃には、知識はなくても、その疑いを知らない素直さ純粋さによって、宇宙に拡がる精妙な波動におのずと同調することができる。子供の世界は訳知り顔の大人には感じることのできない、直感やときめきに満ちているものだ。

ほんとうの「創造」はきっとそういう境地になってはじめて生まれるものなのだろう。

そして真の直観によるヴィジョンは、頭で考えた結論より大概ずっとうまくいくものだ。大きくなるに従って多くの人間は物事の認識をありふれた既存の価値や概念によって片づけようとする。そして、何か面白くないことがあるような顔をしている人間になってしまう。それがなぜおこるのかをぼくは必ず明らかにしなければならない。それがこの旅の目的のひとつでもある。

ぼくは、怒りとも悲しみとも情熱とも分からない感情が心の奥深くから溢れでるのを感じた。それは、会社生活において真実に対する安易な妥協や利潤追求のための打算などに接する度に感じていたものでもあった。

ぼくは、今は一時的にそういうものからは解放されていた。けれども、心に刻まれたそれらの痕跡ををどんどん変換していかなくてはならない。まずはＨ温泉に行って、いやその前にこの場所での時間も大切に味わいながら……。

◇Ｈ温泉に到着◇

数時間車にゆられながら、目的のＨ温泉に着いたのは午後四時過ぎであった。旅館内は非常に静かで、また適度な統一感に満たされていた。これは、バロック音楽を聴いているときのような心地よさだなあとぼくは感じた。宿に入るとき迎えてくれた初老の落ち着いた物腰のおじいさんは、とても穏やかで上品であった。

「どうぞ中へお入りください」

その何気ない一言の響きで、ここが落ち着ける場所であることが感じられた。この旅館は以前はある資産家の別荘であったが、現在はその庭園をそのままに残し、家屋を改装して各部屋に一つずつの檜風呂がある設計であった。家屋と庭と周辺地域の調和の精妙さはまことに見事であり、手入れが完全に行き届いた調度品や家具から醸し出される静けさには、ある種の威厳が感じられた。

部屋に通されたぼくたちは、備え付けのポットから湯を茶碗に注ぎ、ゆっくりとお茶を飲んだ。

しばらくして、ぼくはちょっと昼寝をしたいといって、脇のベッドに早くも潜りこんだ。長時間車にゆられていた疲れが、少し出たのだろう。裕美はちょっと気抜けした感じで言った。

「もう、邦明ったら。着いたばかりだというのに昼寝だって。素っ気ないわね」

裕美は二十分ほど新聞に目を通し、仕方なくというか諦めがついたというか露天風呂へと出向いていった……。

約二時間もぼくは眠っていただろうか、ふと目が醒めたとき、自分が何かとても不思議な世界に存在しているような錯覚にとらわれた。それはここが閑静なたたずまいの温泉だからかもしれない。そして、ふと自分が幼かった頃、祖父の家から自宅に戻った時の記憶が思い出された。出迎えてくれたおじいさんの面影が、ぼくの祖父に少し似ていたからかもしれない。暗い夜道を近所の祖父の家から歩いて自宅に戻るとき、それは何故かとても幸福な時間であったこと、道端の木々も夜の星空も遠い山の野火も何故かやさしく心を支えていてくれたこと。蛙の鳴き声も、鈴虫の鳴き声も、あらゆるものがやすらかな美と統一感の中で存在していた。その感覚は今でも懐かしく思い出すことができる。

けれどもこの数年間、日常の雑事や仕事に埋没するなかで、自分を支えてくれていた統一感を置き去りにしてきたかもしれない。いつも何か満たされなくて、何か面白いものを探し続けたぼくだが、結局なにも摑むことができず、日々のルーティーンな生活の中でもがいているのではないか。

◇◇

またふと、ぼくは思い出す、むかし近くの神社を尋ねたときの断片的な情景やそこで意識したどこか満たされた統一感を。そのとき見た大理石の鳥居、小川のせせらぎ、整然と白い砂利が敷き詰められた地面、樹齢何百年も生き続け、体いっぱいに黄色い葉を抱いた老木の銀杏、遠い山並み……その感覚をぼくはいつ、どうして手放したのだろう。

◇ ◇

気がつくと今度は、白いボートに揺られながら青とピンクの色彩に満ちた空の下、暖かな太陽に見守られて、どこまでもどこまでも海を疾走していくいつか見た夢を思い出していた。

◇ ◇

様々な記憶が、無秩序に脳裏を錯綜し始めた。どういうわけかケガの後ぼくの意識下には、ときどき思いがけず閃光のように様々な記憶が蘇ってくることがあった。

◇　◇

そしていま、ぼくは様々な経緯をへて裕美とこの温泉旅館にいる。考えてみれば、あまりにも不思議なことかもしれない。いやこの世界の展開はきっと全て必然であり、それは自分の過去を分析してみても、それが良きにつけ悪しきにつけ、その必然性を特に意識して見つめてきたはずだった。

これまで仕事に明け暮れながら、売り上げが伸びていた頃には、時流に乗ってより大きな世界と一体感を感じるようになったと錯覚していた数年間もあった。それもいつのまにか過去の夢と消えた。

そう、この世界の現象というのは終わってみれば全て夢みたいなものである。それは確かにそんな気がする。

ぼくは、なにか思い出したように露天風呂にいこうと部屋をでた。今ごろ裕美はどこで何をしているのだろう。ぼくはいまひとり、いや裕美と心はつながっているはずだからふたり……。

現象の共時性については気づかせられることが多いけれど、一体この世界はどんな仕組みで営まれているのだろう。その仕組みがもしありありと感得できたなら、ぼくのちっぽけな悲しみや苦しみや絶望や欲望は、少しは違ったものになるのだろうか。「笑い」を著わしたアンリ・ベルグソンのような哲学者なら、きっと自分の感情を最大限に内面化することでそれを醸成し、香《かぐわ》しい一篇の詩を書くことだろう。

ぼくにそれができるだろうか。それはわからない。けれど、ぼくが志すものがあるとしたら、それより他にはない。いつかきっと、ぼくはそれを果たそう！

もう、夜の七時を過ぎていた。ところで、もしぼくに子供ができたら、子供たちは小さなマンションで暮らすことになるのか、いやそれはよくない……とりとめもない考えが浮かんでは消えてゆく。

◇　◇

竹の生け垣に沿って歩いて約三分、温泉の入口に辿り着く。

これからしばらく、ぼくが露天風呂にて、フラッシュのように心に浮かんだイメージや思考の断片を辿ってみたい。

そのころ読んだ古典、すなわちかぐや姫の物語に描かれた世界は、時空間の不思議について教えてくれた。そこに醸し出されるような神秘や安らぎは現代社会において忘却の一途をたどり、ますます貴重なものになってきている。

闇夜にぽっかりと浮かび、明るく輝く満月のイメージは、いろいろなことを思い出させてくれた。月に向かう時のおのずからなる謙虚さは日本人の心の故郷であり、自分を見つめ直す時の原点でもあるかもしれない。

大衆の興味や欲望を掻き立てるような情報が氾濫する今日だが、十分に満足できることについて、現代人はそんなに深くは理解していない気がする。それはかぐや姫に登場する人物たちのむかしも現在も、それほど大差はないように思えてくる。そうではあるけれど、よく見聞きし心を澄ませているならば、きっと何かが見つかるかもしれない。観月さんはよく「質素」を生活の信条にするように言っていたが。

戸を開けると、湯気が靄となって仄かに体を包み、檜のいい薫りが立ちこめていた。確かにここは質素でいて気品さえもある。素晴しく、落ち着けるところだ。変化が激しい世界で生きて来たからか、急にこんなにやすらかな環境に身を置くとなんだかいけないことをしているような感覚に駆られる。それが不安とも悲しみとも受けとめられた。

ケガによる身心の不調を感じるようになってからは、日常の生活のなかで肉体や感性を蘇生化する方法の追求がぼくの行動のおおきな動機となっていたが、人間の感性はいつのまにかエントロピーの法則に支配され衰退してしまいがちだ。

ところで、裕美はどこへいったのだろう。旅館についてすぐ昼寝をしていたから、裕美のことが心の片隅でずっと気になっていたが、探すことをしないでいた。風呂から出たらあいつを探して部屋に備えつけてあった随分豪華なミニバーでふたりウイスキーが飲みたい。そんなことを考えながら、ぼくはゆっくりと露天風呂に浸っていた。

しばらく温泉の中でリラックスしながら、深い深い静けさに包まれて、ぼくは一年前の傷害事件の記憶を、深い深い悔恨と懐かしさをこめて思い出していた。それは確かにショッキングな出来事だった。あまり世の中のことを知らずにきたけれど、大学進学、就職のレールをなんとか普通に進み、夢と期待に揺れる社会人生活を始めてまだそんなに年月がたっていなかったときの絵に描いたような挫折の構図。

思いがけない一瞬の出来事が、その後のぼくの人生を百八十度転換させるほどの影響力を持ちうることに呆然とし、悔しくて悔しくて仕方がなかったそのときのこと。

しかし救いがあるとすれば、ケガの功名ではないけれど、新しい人生に向かわしめる推進力ともなった面があるということだ。

それは、絶望の木になった希望の実。いや、希望の木になった絶望の実。ぼくはその実を大切にしなくてはいけない。

◇小宇宙◇

ぼくたちは大概、幼い頃のきらきらしたときめきに満ちた記憶を心の片隅に大切にもっているものだ。ぼくのそれは、たとえば太陽にかざした時の深みのある輝きを湛えたビー玉の官能的とも言える美であったり、赤と黄色と緑のカーブした曲線のみずみずしい美しいおはじきであったり、ミラーマンの小さな人形から心に浮かんだインスピレーションであったり、ウルトラの兄弟たちがカプセルの中に入れられてブロンズ像になる時の快感であったり、仮面ライダーや人造人間キカイダーによぎるある種の自己犠牲あるいは改造人間の彼らのみが知るパトスといったもの。ぼくはそこに自分の未来を象徴的に察知していたということもできるのだろうか。それはわからないが。

◇救済◇

傷害事件以来、異動後の仕事内容の変化をはじめ通院や裕美と過ごす時間など、自分を取り巻く環境がめまぐるしく変化してきたが、いまなんとなく意識するのは、苦しくはあっても絶望から這い上がろうとするぼくを、あるいは絶望から希望を産み出そうするぼくを洞察と慈悲に満ちた眼で眺めているもうひとりのぼくがいることである。

裕美から影響を受けて聴き始めたSのアルバムは、そういうぼくのこころに素直な共感を与えてくれた。ありがとう。

◇Sとの邂逅◇

ぼくは中学生のころ、Sの歌声を気恥ずかしさと柔らかな透明感に包まれて聴いた過去に焦点を絞っていた。裕美がぼくと出会う前、Sのコンサートに行くのが趣味だったことを聞いた時、思いがけない驚きと新鮮なさわやかさを感じたことを思い出した。

それは誰もが知っていて誰も知らない世界をかいま見たような、一種の至福にみちた喜びを喚起した。

出会いは、いつでも不思議な偶然いや必然に支配されていることは、多くの人々に感じられ思い返されてきたことではあるが、ぼくにとって歌手Sとの出会いもまた、まさにそういう感覚をともなって実感された。

秋の風が少しつめたくて、でもそれがとても快適だったあの日、Sのコンサートをいっしょに聴いたぼくたちは中の島のフェスティバルホールから淀川沿いの歩道を淀屋橋の駅に向かってゆっくりと歩いていた。ふだんなら、そのまま駅の構内に入るところだったが、ぼくは裕美をお茶に誘って、心斎橋の方に向かって御堂筋の銀杏並木の歩道を歩いていった。脇の街灯やジャコメッティーなどの彫像がいつになく暖かく感じられた。しばらく歩いたところで、左手に喫茶店があった。その店でぼくたちはハーブティーを飲みながら何気なく会話していたが、寛いだ裕美の様子をぼんやり眺めていたとき、ふと何がほんとうは重要だったのか、夢を追って生きてきたつもりだったぼくに大切なものは何だったのかが、フラッシュがきらめくように分かった気がした。その感覚は衝撃的でぼくは一瞬たじろいてしまった。それは一種の愛の発現のようにも感じられた。

その店を出たときにはもう十一時を過ぎていた。夜の闇は深く通りを歩く人もほとんどいない。十一時三〇分の難波発の最終急行にも間に合いそうになかった。(十二時を過ぎた最終の普通電車でぼくたちは帰った。)だが、そんなことはどうでも良かった。ぼくのこころは暖かく、街灯は明るく、ジャコメッティーの影像はぼくに何かを告げていた。しばらく歩いたあと、やや大きめの銀杏の木かげで、ぼくはそっと裕美を抱きしめ、そのまま数分間立ち尽くした。すんなりとした裕美の肩や腕を包み、ひんやりとした素肌の感触や柔らかな吐息を感じながらぼくの胸は震えていた。やがて心の高鳴りはしだいに一種のやすらぎに変わり、ぼくたちはしばらくそのまま静かに立っていた。秋の風がときどき静かに何かをささやくように吹き過ぎていった。ふだんはサラリーマンの行き交う歩道も、ビルの建物も、深い沈黙に包まれていた。過去も未来もすべてが現在に溶け合い、ぼくたちを遮るものは何もなかった。その時の風のつめたさ、静けさ、こころの暖かさは何度も脳裏に浮かんできて、忘却の淵に沈みゆくことを拒んでいる。

あの頃、ケガの治癒に向けて何か良い方法はないものかと試行錯誤を繰り返し苦心していたけれど、その時は人間や自然への慈しみに溢れたSの歌声がぼくのこころを満たしてくれていたことも手伝って、たとえケガが治らないとしても十分に生きていけそうな気がしていた。

その心地よさ、ありがたさには、傷害による不自由な自分という代償をともなっていたが、それによってこそ、あの一瞬が深い意味を持ちえたのかもしれない。

◇夢◇

天王寺の美術館でフェルメール展が開催されていて、裕美と出かけたことがあった。全部で三十数枚しかないという作品のうち六点が展示されるということで館内は多くの客でごったがえしていた。しかし朝早くから出かけこともあって、比較的落ち着いて鑑賞することができた。

フェルメールの絵画に表現された永遠の日常は、ぼくの最も愛する輝きを湛えていた。その繊細で緻密に凝縮された印象世界は極めてぼくたちの本質に近い何物かを語っている。構図の精緻さと空間の静けさは、まだ学校に通う前の幼い頃の静かな時空間を連想させる。

ぼくの日々の歩みもまた、願わくはそんなふうに流れて欲しいものだ。

しかし、ぼくたちの生きている現代の社会は逆に、より多くのお金、限界のない豊かな生活、さらにいい車というように、最大限に便利で快適な生活や快楽を追求し続けている。

一方、企業の利潤追求は、人間に「奪い合う」ことをあたかも当然のように受け入れさせてきた。同量の生産物なら、「分かち合う」ことによっても、同じ利益をもたらすことが可能であるはずなのに。

日本人はいつのまにか、長い年月を費やしてある程度は定着していた自給自足型、リサイクル型の平穏な生活の代わりに大量生産・大量消費という経済、飛躍的な交通手段の発達、メディアの発信する多すぎる情報等によって、ますます忙しく複雑な世界を追求し、逆にそれらに動かされてもいるだろう。

そして、しだいに希薄化する人間関係と個人的満足の追求が目立つようになってきた。

自足することを知らない人間が、そのはけ口を家族へ、会社へ、社会へ、国家へ、世界へと拡大して求めていくのと似て、自分だけは、自分の家族だけは、自分の会社だけは、日本だけは、人間だけはというエゴは、自然を破壊し、家族の断絶をはじめ血の通った親身なコミュニケーションをなくしてきたと言える。

自然の営みに倣って、必要最小限を基準とし、派手な豊かさではなく、より身近なものへと視点を向けて、そこからエネルギーを整え心の平安を得ていくような、従来の日本人の志した生活をしていたらそうはならなかったはずなのに。

ぼくはケガを契機として、それとなく会話の端々に醸し出される観月さんのそれらのメッセージに深い共感を覚えた。

そして、まだまだ世間に明かされていない秘められた現実についてもっと理解と気づきを深めたいと思ったのだが、社会の渦に飲み込まれ、資本至上社会に組み込まれたかにみえる毎日を過ごしながら、自分の内なる神聖さが逆にしだいに霞んでいく感がぬぐえないとき、それが単なる自我の現れなのか、若さゆえの傲慢さであるのか、見果てぬ夢なのか、もっと追及するべきあるものにつながっているのかが渾然一体となって明確には識別できないでいた。

せっかく生まれてきたこの自分の生きる意味や生きていることの値打ちをぼくは必ず思い出したい。

それは、おそらく身につけるものではなく自我や欲望から自由になることで自ずと思い出され、その中にぼく自身が含まれているような、そういう感覚であり自信でありやすらぎなのだ。だからそれは思い出すものなのだ、きっと。

しかし都合よく名案が閃くようなことはなかった。なぜなら、それは個人的な期待とは反比例して、こころに迷いや疑いのないとき初めて生まれるものだから。

ぼくが無心になることなど、果たして可能なのだろうか……。

◇ポリシーの確立◇

地球の温暖化をはじめ、オゾン層の破損や生物種の激減などで明らかなように、地球環境が加速度的に破壊されつつあるいま、これまでのような消費の喜びの追求が、地球の破壊に荷担するようでしだいにできなくなってきた。

そしていま、永続可能な地球のためにしなければならないことをする必要はますます高まりこそすれ、少なくなるということはない。それはもっと大きな宇宙の意志とも一致しているはずだ。

企業も個人もいま、そしてこれから、自然環境や発展途上国から搾取するようなことをせずに、あらゆる存在物と共存し、お互いに発展できる世界を築く必要に迫られている。

そのために、それぞれの個人の生まれ持った運命と、そこから生じ、自覚される役割があり、それを本当の意味において自覚できるために、ぼくは様々なものにトライしてきたはずだった。

しかし、このごろそういう姿勢を貫くことができなくなってきた感が拭えないのはどうしてだろう。なにげない日常生活の充実を大切にして過ごすことは、ずっとぼくの願いだったはずなのにそれが緩慢なものになっていくのはなぜだろう。

充実した日常生活を築くために、これまで手帳を持ち歩いて何げない一瞬のひらめきを努めて書き留めてきた。その深化（進化）をはっきりと自覚できた学生時代はつつましくはあっても、とても心地よい時期であった。

ところが、それほど簡単に割り切れるものではないが、例えば将棋のルールを覚え、定石を覚え、詰め将棋を解き、実践を繰り返したとしても、レベルが高くなればなるほど、いや思いがけず劣勢に陥ったときには、課題の解き方が判らなくなってしまうように、傷害事件を契機として今ある意味でその解き方に苦心している気もする。自分がとりくむべき役割、対象、目的などについて、はっきりとしたヴィジョンが持ちにくくなった感は拭えない。それを探せば探すほどそれは遠ざかっていく。宇宙にあまねく拡がる調和や秩序などについての認識は深めようと努力してきたのだが、頭脳による理解ではなく何かもっと本質的なものに気づく必要を感じる。

そのためには暗黙のうちにカルマの如く存在したものを解き放つまで、勇気を持って素朴な自分に戻ることが大切なのだろう。

新しい扉を開くために、ぼくは出来る限り身軽になろう。それは未来へ跳躍するための第一歩だ。

これまで多くの学者が思想のモデルを外部に求め推理推測によって物事を決めつけたり推し進めたりしてきたし、一方多くの企業が消費者の欲望を肥大させるようなマーケティング戦略を繰り返してきたと言われている。

ほんとうは人間として、日本人としての基本的な感覚や理知や直観といった部分で、お互いにつながっていた関係をもっと大切にする必要があったのだ。そういうつながりを思い出しながら、これからの毎日を暮らしていこう。

◇追憶◇

ぼくは高校時代陸上部に所属し、走り高跳びの選手であった。生まれつき体力に恵まれたぼくはその脚力を生かして日々練習に励んでいた。

よく晴れた五月のある日、春風はユニフォーム姿のぼくを心地よく吹き抜けていった。運動場から見渡せる、夕日に染まる空と雲にためいきのでるほどの恍惚感を感じながら、痩せたぼくの肢体の素肌に、五月のさわやかな風が駆け抜けるとき、この世の輝きにみちた幸福がぼくをめがけて幾重にも押し寄せてくるようであった。

ウオーミングアップを終えて二本の支柱の間に乗せられたバーに向かう時には、純枠に自分の能力にチャレンジする、わくわくする興奮を感じた。

土を蹴った後の足跡をみると、その緩やかなカーブが美しい。ぼくはエイのように体がしなってバーを超える時の快感をいまでも鮮明に思い出す。グッと踏み切ったステップに続いて巧みに体をしならせ、あとは力を抜いてマットに体を任せる。そのときのやすらかさは一瞬に自分の瞬発力を発揮しなければならないこの種目ならではであっただろう。

ところが大きな大会などでは、失敗はそれまで費やしてきた努力のかいがなくなると考えることと、みんなの視線を意識していることから極度の緊張を強いた。ぼくはむかしからそういうことを普通以上に感じてきたのかもしれない。

それは短いセミの命が一瞬の燃えるような光りを放って消えていくのにも似た、自分の運命にたいする直観とも受けとめられた。

◇　◇

裕美はそのとき、ひとり露天風呂から出て浴衣に着替え、旅館の家屋を眺めたり広大な庭の大木に触れたりしていた。はなれにある数寄屋造りの家屋は珍しくもあり興味を引かれたし、大木の幹もふだんは目にすることがないような太さだった。どこか別世界にいるような感覚がある。

それにしても邦明ったら、まだ昼寝を続けているのかしら。長旅で疲れたのは分かるけどもう少し気を使ってくれてもいいと思う。裕美は、しばらく庭の植木や鉢植えの花を見てまわり、やがてベンチに座ると、ライトアップされた庭の様子をぼんやりと見つめた。

そして静かにこんなことを考えた。

〈わたしが邦明と知り合ってからもう一年になろうとしている。

はじめて邦明が病院を訪れたとき、そのどことなく暗い表情が気になって目が離せない気持ちになったこと。そして思いがけず観月泉一朗が邦明とつながりがあったこと。その時には何度か邦明とデートしたり映画を見たり誕生日のプレゼントを交換したりしていたこと。

わたしは確かに邦明のことが好きで応援したくって、いつかいっしょに暮らしていけたらと思っている。彼がそういうなら、受け入れるつもりでもいる。

でも邦明は必死になって心からわたしにそれを求める人だろうか。またわたしのことが好きだといっても、その内実はわたしにはよく分かっていない感じもする。

人間には大きく分けて二通りの人間がいるように思う。ひとつは受信型の人間であり、もうひとつは意志型の人間だ。受信型の人間はまわりの状況に反応しながら自分に適した環境や必要な情報を得ていく。感覚や直感が鋭敏で自分の好きなものにはとけ込むが自分に適していないものからは離れていく。一方意志型の人間は自分の意志や欲求に忠実だ。そしてどんどん自分で世界を開拓していく。

邦明はどちらかというと受信型で、彼自身についてもそうだが、わたしにも理想を求めているところがある。そして、その理想と現実の間で情報のやりとりをしているのだ。でも邦明の求める理想とほんとうのわたしは別のものだ。わたしは邦明を救う天使ではない。毎日いっしょうけんめい働いてきて、そんななかで邦明のことを好きになったひとりの女の子にすぎない。ほんとうのわたしを邦明は好きだと言ってくれるだろうか。こころから口説こうとするだろうか。本気でわたしがほしいのだと理想のスタイルを捨ててでも自分の意志を貫こうとするだろうか。

彼自身では意識していないかもしれないが、意外に盲点にもなっていることが邦明にはある気がする。邦明自身はどんなふうに思っているのだろう。何も思っていないのだろうか。このまま普通につき合いながら、邦明がわたしの思いに気づくまで待っていたほうがいいのだろうか。

とにかく邦明はどこか夢見る少年のようなところがある。それは良い面と悪い面が確かにあるとわかる。ある種のナイーブさは逆に傷つきやすさの原因にもなる。そしてまた、それは近くにいる誰かを傷つけることもあり得るのだ。でも傷ついても何かに取り組まなければならないことはあるし心から思うことはやめるわけにはいかないだろう。

邦明のケガと彼のナイーブさは無縁ではない。こころが傷つくことと体が傷つくことには強い関係があったのではないだろうか。そして、わたしはそういう邦明を見守るしかないのだろうか。伝えることがあるとすればそれは何だろう？）

裕美はゆっくりと夜の庭園をまわった後、竹柵をこえて外に出た。そこには小さな池があって、まわりは竹林になっていた。ちょうど満月となった月が頭上に明るく輝いていた。それが池の水面に映り、ぼんやりと滲んでいる。微かに水鳥の羽ばたく音がときどきする。こんな時間にも鳥は活動しているのだろうか。なにか不思議な感興に捉えられる。

裕美はその水面を黙ってみつめながら静かに時間を過ごし、やがてゆっくりと部屋へ戻っていった。

◇　◇

ぼくは部屋に戻り、窓際のテーブルに置いてあった、木片を組み合わせてTとかFの形にするパズルで遊んだ後、椅子に腰掛けてぼんやりと庭を眺めていた。夜の闇の中ライトアップされた大木の幹が幻想的に浮かび上がっていた。広い敷地内に整然と点在する杉や松の大木は、うっとりするほどに見事である。その時微かな足音に続いて、裕美が戸を開けて部屋に帰って来た。湯上がりの上気した素肌がやけに艶めかしく色つやを放っている。

「ああ、やっと戻って来た。どこに行っていたの」

ぼくは訪ねた。

「お風呂に入った後、近所の景色があんまり綺麗だから散歩がてら見て廻っていたの」

裕美は静かに答えた。

「確かに綺麗だね。それと綺麗といえば、君も今とても綺麗だよ。ところで、そこのミニバーでウイスキーでも飲みたいと思っていたところなんだ」

裕美は部屋の脇のミニバーに目をやった。そこには整然とたくさんの種類のお酒が並べられており、どれを選んだらいいのか迷うほどであった。

「ずいぶんたくさんあるのね」

裕美が呟くようにいった。

「でもわたしは、お酒はいいわ。ソーダか何かのドリンクをいただくわ。お酒を飲むと悪酔いするから。ほんとうに体調の良い時ってお酒は美味しくはないの」

「わかった。でもね、サラリーマンは大概疲れているからお酒が欲しくなるんだよね。ぼくはウイスキーを飲もう」

「そうでしょうね。人それぞれだものね」

ぼくは人それぞれだものという言葉にどこか人間の運命に対するせつなさを感じた。ぼくはどうもバーというものが障害になるみたいだ。そしてぽつりと呟くように言った。

「人間は案外、自分の思い通りになんて生きてはいけないんだね。思い通りにできると思うことが実は迷いや甘えにつながってしまう」

「ごめんなさい。でもきっとそうだわ。自分の体のことにしても住む場所や働く会社にしても自分で決められると思っているものほど、何か問題が起こった瞬間から、もうそうではなくなってしまう。ほとんど全てのことはよく考えてみたら自分の思い通りには変えられない。そこから逃げ切ることはできないのよ。そのことをよく判って、引き受けることができるかどうかだと思うの」

「そうかもしれないね。思い通りにできるかもしれないというエゴをふっ切ったとき、初めて人間は思い切って生きられるって、そういえば誰かが言っていたな……」

ぼくはウイスキーを飲みながら、しばらくそのことについて考えを巡らせながら、窓の外を見つめつづけた。

♠ 第三章 ♠

次の朝、ぼくと裕美は観月から紹介された気功師を訪ねて車を走らせた。その日は朝から小雨が降っていた。小一時間ほどして、ぼくたちはようやく気功師宅に到着した。ところが、驚いたことに、その気功師はぼくたちが訪れた直前に急逝していたのである。気功師は家族にぼくたちへ残した手紙を預けた後、しばらくして亡くなったということだった。その死は予期せぬ突然の死ではあったけれど、なぜか穏やかで、やすらかな光に満ちていたという。

◇ ◇

定岡総平はその数日前、自室でひとり佇みながら考えていた。これまでの気功師としての半生を振り返りながら治療によって回復していった人々の喜びの表情や、逆に思っていたほどの成果はなくて反感を持たれたことなど様々な記憶を思い出していた。

　自分がこれまでやってきたことは果たしてそれで良かったかどうか……。かつての気功師の仲間たちは、早くに亡くなった者が多い。気功師の仕事は想像以上にある種のエネルギーを消耗してしまうのだ。最近では自らのエネルギーを消耗せずに気功を行うことができる方法も開発されてきたようだが、自らを消耗しながら誰かを助けるという行為は美談としてはあっても、普遍的な生命につながっていく道ではない。

　一週間前に予約を入れてきた三井邦明という人物は、わたしの直覚ではわたしが治療できない運命の元にある。すなわち神の摂理によってわたしはしばらくして寿命を迎えるようだ。これは経験上致し方のないことだ。最後に彼に伝えるべきことを書こう。それがわたしの役目なのだ。

◇気功師の手紙◇

雲の切れ間から穏やかな日の光が朧げに感じられる空を眺めていると、今日は久しぶりに心穏やかに一日を過ごせそうです。

仕事を終えて、「気」を使う作業から解放された心地良い安堵感と身軽になったときに感じる、どこかそわそわした気分が入り混じって、何だか落ち着きません。

三井様には、遠いところをお訪ねいただき大変に心苦しい限りであります。私はもう長くはないようですので最後に、ささやかながらメッセージを綴らせてください。

長く気功師として病気やケガを観て参りましたが、私がいちばんみなさんそれぞれにお伝えしたかったのは病気やケガの生じてきた意味に、それぞれが気づかれることの大切さでした。まあ、難病などは別として、病気やケガを治すことはそれほど難しいことではなかったのですが、単に治ってしまってそれでおしまいなら、わざわざそれが発生してくれた意味はありますまい。

何だか偉そうなことを申し上げてしまいましたが、どうぞお体を大切にされるだけでなく、自らの運命の営みを大切にされますことをお祈り致します。この世に生まれただけでも素晴らしく貴重みなさんの命です。宝物は外に探しに出ても見つかるものではないでしょう。それぞれの運命に秘められた宝物に気づくとき、そして宝物を磨く努力を積み重ねるとき、その真価があらわれてくると私は思うのです……。

定岡総平

三井邦明　様

その手紙を読んでいる間なぜか白檀の香りがした。ぼくは昨夜裕美と話していたこと気功師の手紙を考え合わせながら、丁寧にお悔やみを申し伝え、そこを後にした。いつのまにか小雨はやんで遠くの青空の彼方に、綺麗な虹が出ているのをぼくと裕美は見つけた。ぼくたちは不思議な感慨を抱いてその虹を見つめ合った。

そして、何かが吹っ切れたと感じたぼくは旅館へ戻る途中、裕美にプロポーズをした。

「体は完璧でないかもしれないけど、思い切って生きていく決心ができたよ。こんなぼくだけど君は結婚してくれるかい」

裕美は何も言わずに微笑んでいたが、しばらくしてぽつりと答えた。

「いいわよ」

「やっほー。急だけど、君を大学時代の友人のIとYに紹介したくなった。これからいっしょに行こうよ」

「ええ、喜んで！」

ぼくたちは旅館の宿泊をキャンセルして、車を飛ばして大阪まで戻り、二日間を休息と準備にあて、次の日の日曜日に関西空港から東京に向けて飛び立った。

◇◇

羽田空港で待ち合わせたぼくたちとIとYの四人は、Yの案内でその日ちょうど開かれていたモーツアルトのオペラを鑑賞したあと、ジャズ喫茶に入って楽しく歓談した。

喫茶店内にはマホガニーの人形彫刻やアンティークな家具が配置され、愉快ななかにも落ち着いた演出が施されていた。

「ほんとうに久しぶりだね。あれからもう十年がたったなんて信じられないよ」

「でも、邦明もついに結婚するのか」

「おまえはどうなんだ」

「つき合っている彼女はいるんだけどなかなか結婚まではいかなくてね」

「そうか」

店内ではビデオプロジェクターから投影されたサラヴォーンの歌う映像がスクリーンに投影されていた。管球式のパワーアンプのフィラメントに電流が流れ真空管がオレンジ色に発光している。ピカピカに磨かれた四個の真空管の輝きを見つめながら、サラヴォーンの心地よい声に耳を傾けた。一人暮らしのぼくのアパートで使っている安いミニコンポと違って歌声の情感と楽器の音色が、ふくよかで厚みのある響きとなって伝わってくる。心地良い音楽に包まれて四人でくつろぎながら、しだいに会話がはずんだ。

しばらくしてレーザーディスクが終了すると、喫茶店内は急に静かになった。邦明たちのほかには、客がまばらだったせいもあるかもしれない。

店の隅に立て掛けてあったクラシックギターに目がとまったYが、マスターに聞いた。

「ねえ、あのギター弾かせてもらってもかまわないかな」

「いいよ。最高級のドイツ松とハカランダで作ったギターだから、いい音がでるよ」

マスターは愛想よく答えた。

「おい邦明、たしかギター弾いてたよな。ちょっとあのギター弾いてくれよ」

「中学生のときに練習しただけだから、難しい曲は弾けないよ」

「いいから、何かやってよ」

ぼくは、N・パガニーニの簡単なサロンのトレモロを弾いた。この軽やかで明るいトレモロのリズムとメロディが店内を満たし、ぼくは急に嬉しさがこみあげてきた。YやIが居てくれてよかったと、そのときほど感じたことはない。

あっと言う間に東京での時間は過ぎ、羽田空港を立ったぼくたちは再び大阪に戻ってきた。しかし東京で過ごした時間ほど晴れやかな気持ちになったことは傷害事件以来ぼくにはなかった気がする。何にしろケガの後遺症をひきずりながら暗い毎日を過ごしていた時には、もしYやIがこんなぼくを見たらどう思うだろうと考えたり、悲しむだろうとか、こんな零落《おちぶ》れたヤツとはもうつき合いたくないと思うかもしれないとまで想像していたのだから。

◇◇

さて、就職活動中の豊川祐二だが、会社説明会のあと就職活動用のネクタイや靴を探しにデパートに立ち寄ったところ、エレベーターの中で、ばったり桜みゆきを見つけた。勇気を振りしぼって声をかけた成果があって、喫茶店で紅茶をいっしょに飲むことになった。

「君、さっきまでFホテルで漫画家の正田秀三郎の講演をきいてたよね」

「うん」

桜みゆきは驚いて祐二を見つめ、微かに聞こえるほどの小さな声で答えた。

「ぼくもいま就職活動中でね、あの会場にいたんだ。よかったらお茶でも飲みながら、これからの就職活動について情報交換しない？」

「情報交換？」

「そう。どういう業種がこれから伸びていくかとか、自分がどんな会社の面接を受けてきたかとか」

「そうねえ、まあいいか！　ひとりこのまま帰るのもつまらないし」

「ありがとう。この近くにアットホームで素敵なお店があるんだ。クラブ活動の新歓コンパで幹事をしたりしたことがあって、いろんなお店、ぼく知ってるんだ」

「へえ、そうなの。何でもできるのね」

「それほどでもないけど」

しばらくして、紅茶の専門店である目的の喫茶店Qにたどりついた。席について祐二は小さく訪ねた。

「ああ、名前聞いてなかったね」

「桜みゆき、さくらは桜の木のさくら」

「へえ、意外に珍しい名前だよね。でもぼく桜の花はとっても好きだよ」

「そう？　わたしも好き。ところであなたは？」

「申し遅れました。豊川祐二といいます」

「良い名前ね」

「ありがとう。ところで、これまでどんな会社をまわってきたの」

「まだ、資料を取り寄せたぐらいで今回がはじめてなの」

「そうか。まあ、でも全然遅くはないよ」

「そうかしらね。少しあせっちゃう気もするんだけど……」

ウエーターがオーダーを取りにきた。祐二はアール・グレイを頼み、桜みゆきはダージリンを注文した。しばらくして、白いポットに入った紅茶が運ばれてきた。ウエーターが何か言いたそうに祐二を見て、「ごゆっくりどうぞ」と言った。祐二は神妙な面持ちでカップに紅茶を注ぎ、ゆっくりと口に運んだ。やがて、桜みゆきを見つめて話しかけた。

「さっきの講演じゃないけど、きっと自分のいくべきところは、ふつうにしてれば自然とわかるよ。ただ、そのふつうにしていることが案外たいへんだったりするんだけど」

「そうよね。いろんなものに流されたり、影響されたりして……でも、ふつうにするっていうのも漠然としてピンとこない気がする」

桜みゆきは紅茶をカップに注ぎ、一体どんな味がするのだろうというようにゆっくりと口に運び、やがて祐二を見て穏やかに微笑んだ。祐二はしばらく彼女の言ったことについて考えているようだったが、ふと何かを思い出したのか口を開いた。

「この間、法学の講議で先生がこんなことを言っていて、なるほどと思ったんだけど、人間の正常な心の働きっていうのは、たとえば寛容だとか謙虚だとか素直だとか慈悲深さだとか……せいぜい三〇種類ぐらいの言葉で言い尽くせてしまうけど、異常な心の働きは、仏教で百八つの煩悩があるって言うけど、それ以上の言葉がおそらく必要だって言ってた」

「でも、そんなに簡単に割り切れるものかしら」

「まあ、その間で揺れているのが人間だからね。揺れている心の微妙さのなかに成長と堕落の芽が隠されている……」

「だけど、そんなに難しく考えなくてもいいんじゃないの。自分が心からしたいことに取り組んだり、何かに思いっきりトライする姿勢があれば」

「まあね。そういうことは窮地に立たされて迷っている時ぐらいでないとあまり考えないよね。就職活動で少し焦っていて、いろんなことに性急になりすぎているのかもしれない」

祐二は、カップに二杯目の紅茶を注いだ。アール・グレイの香りがテーブルにひろがった。桜みゆきは祐二の様子を見つめていたが、ふと、意外なくらい明るい口調で言った。

「いいのよ。どこにいても輝いているひとは素敵なんだわ。よく考えてみると就職することなんて長い目でみたら、とても小さなことのような気がする。要は生き方の問題なのよ。難しく考えることなんてないと思うの」

そんな会話をしながら最後に住所と電話番号等を教えて合って、また会う約束を交わした。

◇　◇

その後豊川祐二はぼくの勤める大手広告会社に就職が内定し、翌年の四月から広報部企画室へ配属されることになっている。祐二もぼくもその時までお互いのことを知らないが、ふたりの出会いにも乾杯！

◇豊川祐二のEメール◇

桜みゆき　様

ぼくが静岡の田舎から出てきて三年が過ぎようとしています。その間たくさんの人と出会い交流してきましたが、人間は自分も含めてよく分かり合うことが簡単なようでいて案外そうでもありません。三年間を振り返って漠然と感じていることは、そういうことです。

そんななかぼくは桜さんと出会い、どうしてなのか自分の意識をコントロールできません。桜さんに対する気持ちは自分でも抑えることができない性質のものです。もっと深く桜さんを知りたいです。

君はなんでもできるといいましたが、ぼくは実際は未熟な人間ですから、成熟することを日々試み、成功したり失敗したりして何とかやっています。血液型がA型のためか完全志向があり自分が取り組んだことが完全でないと不満をもってしまう自分です。いつか京都旅行をしたことがあってバスガイドの女性が何かの旧跡の案内で言ってました。完全を目指すより、たとえ不完全でも助けあって生きたほうが仕合わせだという言い伝えが残っていると。その場所とエピソードは忘れましたが、なぜかその言葉をよく覚えています。

桜さんは一緒にお茶を飲みながら、自分のことを「井の中の蛙」だと自分のことを例えて言ってましたね。それは素晴らしい人に触れるとき現実の自分の未熟さと比較して、ぼくもしばしば感じてしまいます。ワンルームマンションで一人暮らしですし、この言いまわしにぼくはとても合っているでしょう。

異性に限らず誰かとこころからつきあうことは簡単なようでいてなかなかそうでもない。人間は安易なほうに流れやすいものです。でもぼくは桜さんとはこころからつきあいたく思います。桜さんを初めて見た瞬間に惹かれるものを感じたと言いましたがそういう感覚は初めてでした。それは間違いなく一時の出来心ではありません。何か一方的なことばかり言ってしまいました、ごめんなさい。それでは、また。

豊川祐二

追伸
もう少しで桜の季節が来ますね。就職活動の合間に、是非一度お花見に出かけませんか。出来れば、人通りの少ない静かな湖畔に咲く桜を眺めたいです。

♠ エピローグ ♠

◇新たなる出発◇

夜空に月とたくさんの星々の輝くある春の休日、ぼくは裕美といっしょに六甲山に登った。学生時代以来初めての神戸の夜景を眺めながら、ラジオからきこえてきたMr.Childrenの『終わりなき旅』の流れる車内で、ぼくはこのとりとめもなく心に浮かんでは消えてゆく記憶の断片をそっとこころの引き出しに仕まいこむ。それら、かつて若くもあった過去の思い出。一体それが本当にあったのかとさえ思えてくる、今となっては遠い記憶。

先日、ぼくはある劇団の公演でチェーホフの『かもめ』を見て久しぶりに美しくもあり厳しくもある人生の深淵に触れる思いがしたが、それ以外は静かな休息の日々が続いている。

かつて世間的な価値に馴染めずに、そこからなるべく遠ざかって自分の理想を追いかけてきたぼくだったが、考えてみると、人生の流れを大きく変えたケガも裕美との出会いも世間との関係のなかで起きたとも言える。また、それらの出来事を経験する中で得た教訓や気づきは、ふだんの生活や仕事のなかでその真価を問われ磨かれていくようにも思う。そうありたい自分ではなく現実の自分を試す場所は世間にこそ存在するということなのだろうか。（ただ、今は確信が持てない。それは、つまり、答えがぼくの想像を超えたところにあることを暗示しているのだけれど）

気がつくと、裕美はもうすっかり夜景に見とれていた……。裕美はいまどんな心境なのだろう。

九州と東京への旅を終えたいま、四月からの会社への復帰まで残り一週間ほどになっていた。ぼくの前には、この現実を生きるということ、物語ではない、ありのままの現実が拡がっている。

そして、この現実を引き受ける決心と現実との格闘の中にしか平和や希望へとつながっていく道は本当にないのだろうかと反芻するぼくがいた。

運命という観念からの解放、それとも運命の甘受……。

神戸の夜景を前に、心に迫る問い掛けは、いつまでも絶えることなく続くように思われた。

【著者プロフィール】

細川　哲弘（ほそかわ　てつひろ）

1968年、香川県に生まれる。
1992年、関西学院大学法学部法律学科卒業。
国際私法のゼミで製造物責任等について学ぶ。
趣味はクラシックギター。週に一度ギター教室に通う。

青の季節の夢

2001年12月15日　初版第1刷発行

著　者　　細川哲弘
発行者　　瓜谷綱延
発行所　　株式会社 文芸社
〒112-0004　東京都文京区後楽2-23-12
電話　03-3814-1177（代表）
03-3814-2455（営業）
振替　00190-8-728265
印刷所　　株式会社 平河工業社

ISBN4-8355-2861-1 C0093